# KAT LADIES NIGHTS

## Les nuits des Kat Ladies

## ALAIN ZIRAH

**NUIT DE CENDRES / NIGHT OF ASHES**

**NUIT CYBERNÉTIQUE / CYBERNETIC NIGHT**

**NUIT DIABOLIQUE / DIABOLIC NIGHT**
**NUIT DE SOUFRE / NIGHT OF SULFUR**

# Books by the same author

Strass & Paillettes – Le journal d'un Festivalier,

*(AZ Productions, Marseille, 2011)*


Dieu a créé la femme… à son image,

*(Éditions Thierry Sajat, Paris, 2014)*


*(Prix Art Freedom 2016 - Éditions Thierry Sajat, Paris)*


Rock Fictions (1976-2016),

*(Société des Écrivains, Paris, 2017)*


Dans les coulisses du Festival de Cannes

*(Société des Écrivains, Paris, 2017)*


Interdit aux Hommes

*(La Librairie Numérique de Monaco, 2018)*


Cannes Backstage – Dans les coulisses du festival

*(Nombre7, Paris, 2023)*


Dieu a créé la femme à son image,

*(Éditions Thierry Sajat, Paris, 2023)*


God created woman alike herself,

*(Prime Seven Media, Tomah, Wisconsin, USA, 2023)*


OFF de Cannes Festival

*(Sweetspire Literature, Denver, Colorado, USA, 2024)*

# THE STORY OF THE KAT LADIES

2005 - Once upon the time, we created the character of Ladykat with Solene Guionnet in May, during the Cannes Film Festival, a kind of French fashionista Catwoman with photos shooting and short films that were compiled into a DVD *Ladykat seek the quest*.
https://youtu.be/x3UMIAgqSjc?si=yqS4s8nP-3l9xH2e

2008 - After our adventures at Cannes Festival we shot a first series called *Les femmes chats*. https://youtu.be/NxbixHrmA7s?si=zioJjVQb8e-fzWsQ

2010 - We needed to shoot a feature film, which is what we did with *The Kat Ladies*.
https://youtu.be/x3UMIAgqSjc?si=eLKK-oVNhNTpYY7J.

2016 - The novel *Blood on the Red Carpet* (Editions Thierry Sajat) was presented at the Paris Carrousel du Louvre, where it received the 2016 Art Freedom Awards.
https://youtu.be/IHpFx3Njjms?si=2MaSt0F2hn9nwVRY

2017 - We shot the pilot for *Kat Ladies* series during the 70th Cannes Film Festival with an international cast. https://youtu.be/XG5R11oWzOY?si=Osp4GTSTqL78dFyA.

2023 - We are still making comics with Lionel Demai with younger *Kat Ladiz*.

2025 - 32,000 people watch the last trailer to celebrate the 20th Kat Ladies anniversary.

The adventure continues with the book *Kat Ladies Nights* (Hillshire Media, Houston, USA)

Alain Zirah, the author

FESTIVAL DE CANNES
11 MAI - 22 MAI 2005
LADYKAT 
MENE L'ENQUETE
UN FILM DE
ALAIN ZIRAH
www.djdjsolene;com

THE NEW KAT LADIES 2025
THE KAT LADIES
SPECIAL WEB
KAT LADIES

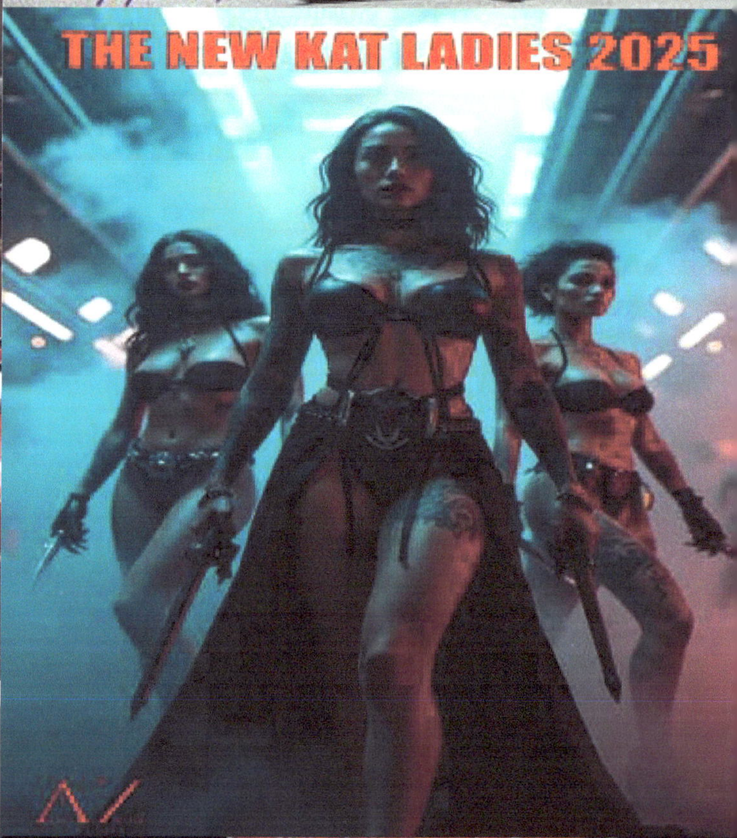

LADYKAT
LES FEMMES CHATS

KAT LADIZ

# L'HISTOIRE DES KAT LADIES

2005 - Il était une fois… En mai, pendant le Festival de Cannes, lors d'un shooting photo avec Solène Guionnet, nous avons créé le personnage de Ladykat, une sorte de Catwoman française et fashionista. Puis, nous avons tourné des courts métrages qui ont été compilés dans un DVD intitulé **Ladykat mène l'enquête**.

2008 - Après nos aventures au Festival de Cannes, nous avons tourné une première série pour le web intitulée **Les femmes-chats**.

2010 - Nous avions besoin de tourner un long métrage, ce que nous avons fait avec le film **The Kat Ladies**.

2016 - Le roman **Du Sang sur le Tapis Rouge** (Éditions Thierry Sajat) a été présenté au Carrousel du Louvre à Paris, où il a reçu le prix Art Freedom Awards 2016.

2017 - Nous avons tourné le pilote de la série **Kat Ladies** pendant le 70e Festival de Cannes avec un casting international.

2023 - Nous continuons à créer des bandes dessinées avec l'illustrateur Lionel Demai avec des **Kat Ladiz** plus jeune.

2025 – Plus de 32 000 personnes ont regardé la dernière bande-annonce pour célébrer le 20e anniversaire de **Kat Ladies**.

L'aventure se poursuit avec le livre **Les Nuits des Kat Ladies** (Hillshire Media, Houston, USA).

Alain Zirah, l'auteur

# Kat Ladies : Nuit de Cendres

## Par Alain Zirah

Rain poured down on the city rooftops, an endless lament in the neon-lit night. In a dark, narrow alleyway, a man recoiled in terror as a grotesque figure with leather wings swooped toward him, its claws screeching with evil energy.

The hideous creature, a demonic gargoyle, opened a mouth lined with fangs.

*

La pluie tombait à verse sur les toits de la ville, une complainte sans fin dans la nuit de néons. Dans une ruelle sombre et étroite, un homme recula, terrifié, alors qu'une silhouette grotesque aux ailes de cuir plongeait vers lui, ses griffes crissant d'une énergie maléfique.

La créature affreuse, une gargouille démoniaque, ouvrit une gueule garnie de crocs.

Suddenly, a flash of red fury descended upon the demon. It was Roussykat, one of the Kat Ladies. With a powerful kick, she sent the creature crashing into the opposite wall.

"Don't touch my hunting ground," she growled, her fists surrounded by an aura of energy. Without waiting for more, the man had fled into the dark night.

*

Soudain, un éclair de fureur rousse s'abattit  sur le démon. C'était Roussykat, l'une des Kat Ladies. D'un coup de pied surpuissant, elle envoya la créature s'écraser contre le mur opposé.

"Touche pas à mon terrain de chasse," grogna- t-elle, ses poings entourés d'une aura d'énergie.

N'attendant pas son reste, l'homme avait détalé dans la nuit noire.

Another gargoyle, smaller, tried to take Roussykat from behind, but she froze. A dark, slender figure materialized behind her from a pool of shadow. It was Darkiekat.

"Too slow," she whispered, her shadow daggers already poised to strike. Her fists clenched around her daggers, causing them to vibrate with light. Upon contact with the halo of light, the gargoyle shrank before her eyes.

*

Une autre gargouille, plus petite, tenta de prendre Roussykat à revers, mais elle se figea. Une silhouette sombre, fine et élancée se matérialisant dans son dos depuis une flaque d'ombre. C'était Darkiekat.

"Trop lente," murmura-t-elle, ses dagues d'ombre déjà prêtes à frapper. Les poings serrés sur ses dagues en faisait surgir des vibrations lumineuses. Au contact du halo de lumière la gargouille rapetissait à vie d'œil.

Perched on the rooftop of a nearby movie theater, far from the fray, Ladykat observed the scene through high-tech binoculars.

"Roussy, Darkie, situation," she said calmly into her digital radio. Her piercing eyes scanned the city. "They're not scouts.

They're all coming from the same place. The Reformed Church, at the top of La  Canebière."

*

Perchée sur le Rooftop d'un cinéma voisin, loin de la mêlée, Ladykat observait la scène avec des jumelles high-tech.

"Roussy, Darkie, situation," dit-elle  calmement dans sa radio digitale.

Ses yeux perçants balayaient la ville. "Ce ne sont pas des éclaireurs.

Ils viennent tous du même endroit. L'église des Réformés, en haut de la Canebière."

This church was reputed to be a wormhole, allowing passage between universes. Roussykat appeared beside them in a whisper of red smoke. Ladykat turned to her.

"Roussy, you're the only one who can go in without being seen. Find the source of this infestation."

*

Referring to Darkiekat, her most flexible, but also most cruel partner, Ladykat added:

"Darkie and I are going to give them a diversion they won't soon forget."

"We're going to make them regret coming to Marseille!"

*

Désignant Darkiekat, sa partenaire la plus souple, mais aussi la plus cruelle, Ladykat ajouta:

"Darkie et moi, on va leur faire une diversion qu'ils ne sont pas près d'oublier."

"On va leur faire regretter d'être venu à Marseille! "

The diversion was spectacular. Roussykat leapt from the roof, her energy fists striking the ground like meteorites, creating a shockwave that knocked over a group of gargoyles.

She was a whirlwind of destruction in the midst of the demonic swarm.

*

La diversion fut spectaculaire. Roussykat sauta du toit, ses poings d'énergie frappant le sol comme des météorites, créant une onde de choc qui renversa un groupe de gargouilles.

Elle était un tourbillon de destruction au milieu de l'essaim démoniaque.

Meanwhile, in the dusty silence of the bell tower, Darkiekat discovered the source.

An Alpha demon, much larger and more intelligent, stood before a swirling purple portal. He chanted in an ancient, unpleasant language, attracting more and more creatures.

*

Pendant ce temps, dans le silence poussiéreux du clocher, Darkiekat découvrit la source.

Un démon Alpha, bien plus grand et plus intelligent, se tenait devant un portail tourbillonnant de couleur pourpre. Il psalmodiait dans une langue ancienne et désagréable, attirant toujours plus de créatures.

On the forecourt, Ladykat fought with deadly grace. She didn't have Roussykat's brute strength, but her speed and precision were unmatched. She weaved between the monsters.
As elusive as the wind, she struck their joints and tore their wings with her sharp claws.

*

Sur le parvis, Ladykat se battait avec une grace mortelle. Elle ne possédait pas la force brute de Roussykat, mais sa vitesse et sa précision étaient inégalées. Elle se faufilait entre les monstres.
Aussi insaisissable que le vent, elle frappait
leurs articulations et déchirait leurs ailes avec ses griffes acérées.

"It's done," Darkiekat's voice crackled in their ears. At that moment, the portal in the bell tower imploded. The Alpha demon let out a howl of rage and pain before disintegrating. Without their leader, the remaining gargoyles fled into the night. On a rooftop, Ladykat and Roussykat watched the last demons disappear. The rain had stopped.

"This is only the beginning," said Ladykat.

*

"C'est fait," crépita la voix de Darkiekat dans leurs oreilles. Au même instant, le portail dans le clocher implosa. Le démon Alpha poussa un hurlement de rage et de douleur avant de se désintégrer. Privées de leur chef, les gargouilles restantes fuirent dans la nuit.

Sur un toit, Ladykat et Roussykat regardaient

les derniers démons disparaître. La pluie avait cessé.

"Ce n'est que le début," dit Ladykat.

# Kat Ladies : Nuit Cybernétique

## Par Alain Zirah

In the dark alleys of Marseille, four heroines had decided to enforce their own law.

At the top of La Canebière, approaching the Reformed Church, they saw a strange figure.

A cybernetic creature appeared in a flash of neon lights. It seemed to be destroying streetlights to plunge the city into darkness.

*

Dans les ruelles sombres de la ville de Marseille quatre héroïnes avaient décidé d'appliquer leur propre loi. En haut de la Canebière, arrivant à proximité de l'église des réformés, elles virent une silhouette étrange.

Une créature cybernétique apparut dans un

éclair de néons. Elle semblait détruire des ampoules de lampadaires pour mettre la ville dans le noir.

In a flash, Snowkat, clad in white vinyl trimmed with synthetic fur, and Darkiekat, the brunette with the fiery gaze, armed with her daggers, rushed forward.

Behind them, their leader, the blonde Ladykat, and Roussykat, dressed in tiger print and with fiery hair, followed close behind. Their black boots with red soles pounded the pavement.

*

En un éclair, Snowkat, en vinyle blanc bordé de fourrure synthétique, et Darkiekat, la brune au regard incendiaire, armée de ses dagues s'étaient précipitées.

Derrière elles, leur leader la blonde Ladykat et Roussykat, tenue tigrée et chevelure de feu leur emboitaient le pas. Leurs bottes noires aux semelles rouges martelaient le pavé.

Standing in front of a bandstand, Shibu-Aya's silhouette began to glow. Miniature projectors embedded in her synthetic skin projected an immense virtual, translucent armor, resembling a jellyfish, whose long tentacles of energy crackled in the night air, illuminating the square. The four guardians of the night could not believe their eyes.

*

Se tenant devant un kiosque à musique, la silhouette de Shibu-Aya se mit à luire. Des sortes de mini-projecteurs tapissant sa peau synthétique, projetèrent une immense armure virtuelle et translucide, semblable à une méduse, dont les longs tentacules d'énergie crépitaient dans l'air nocturne, illuminant la place. Les quatre gardiennes de la nuit n'en croyaient pas leurs yeux.

Shibu-Aya's face, with its pronounced Japanese features, was a canvas of glowing circuits and cold determination. Above her head, the translucent armor waved its threatening tentacles. Unperturbed, Ladykat stood between herself and the cybernetic creature, ready to unleash her energy bracelets in case of attack.

*

Le visage de Shibu-Aya, aux traits japonais marqués, était une toile de circuits lumineux et de détermination froide. Au-dessus de sa tête, l'armure translucide agitait ses tentacules menaçantes. Imperturbable, Ladykat s'interposa face à la créature cybernétique, prête à déclencher ses bracelets d'énergie, en cas d'attaque.

Intrigued by such an unusual apparition, the Kat Ladies, feline figures, surrounded her. They had seen others during their nightly rounds.

In case of danger, Ladykat, Roussykat, Darkiekat, and Snowkat stood ready for battle.

*

Intriguées par une telle apparition hors du commun, les Kat Ladies, silhouettes félines vinrent l'entourer. Elles en avaient vu d'autres lors de leurs rondes nocturnes.

En cas de menace, Ladykat, Roussykat,

Darkiekat et Snowkat se tenaient prêtes au combat.

The cybernetic creature raised its arm, firing a beam of energy that struck the dome of the bandstand, tearing off a piece of its roof in a shower of sparks.

"No mercy!" ordered Ladykat, her voice cracking like a whip.

Snowkat reacted instantly, quick as lightning...

*

La créature cybernétique leva le bras, faisant jaillir un rayon d'énergie qui frappa le dôme du kiosque à musique, arrachant un morceau de son toit, dans une gerbe d'étincelles.

« Pas de quartier ! » ordonna Ladykat, sa voix claquant comme un fouet.

Déjà Snowkat réagissait, vive comme l'éclair...

While Snowkat and Roussykat harassed Shibu-Aya near the kiosk, Darkiekat slipped to the ground. With surgical precision, the straight-haired brunette plunged one of her daggers into the attacker's leg, knocking off a protective plate and allowing her to tamper with the exposed circuits on the cyber- creature's thigh.

*

Tandis que Snowkat et Roussykat harcelaient Shibu-Aya près du kiosque, Darkiekat se glissa au sol. Avec une précision chirurgicale, la brune aux cheveux raides enfonça l'une de ses dagues dans la jambe de l'assaillante faisant sauter une plaque de protection, lui permettant de triturer les circuits ainsi exposés sur la cuisse de la cyber-créature.

A shrill crackling sound tore through the air. The virtual jellyfish armor faltered, its filaments and mini holograms collapsing to the ground like water before dissipating completely. Shibu-Aya fell to her knees in front of Roussykat, stunned. The cyber creature's body was shaking with spasms.

*



Un grésillement strident déchira l'air. L'armure-méduse virtuelle vacilla, ses filaments et mini hologrammes s'écroulant sur le sol comme de l'eau avant de se dissiper complètement. Shibu-Aya tomba à genoux devant Roussykat, médusée. Le corps de la cyber-créature était secoué de spasmes.

Ladykat approached, ready to deliver the final blow. But instead of counterattacking, Shibu- Aya raised her hands. "Wait," said a soft, melodious synthetic voice.
The Kat Ladies stopped, surprised and taken aback by the soft voice.

*

Ladykat s'approcha, prête à porter le coup final. Mais, au lieu de contre-attaquer, Shibu- Aya leva les mains. « Attendes, », dit une voix de synthèse douce et mélodieuse.
Les Kat Ladies s'arrêtèrent, surprises et décontenancées par cette voix douce.

“My goal wasn't to destroy,” explains Shibu- Aya, “but to draw on the city's energy to recharge my batteries. Without that, I'm lost.” Her voice was marked by a surprising vulnerability.

*

« Mon but n'était pas de détruire », explique Shibu-Aya, « mais de puiser dans l'énergie de la ville pour recharger ma batterie. Sans ça, je suis perdue. » Sa voix était empreinte d'une surprenante vulnérabilité.

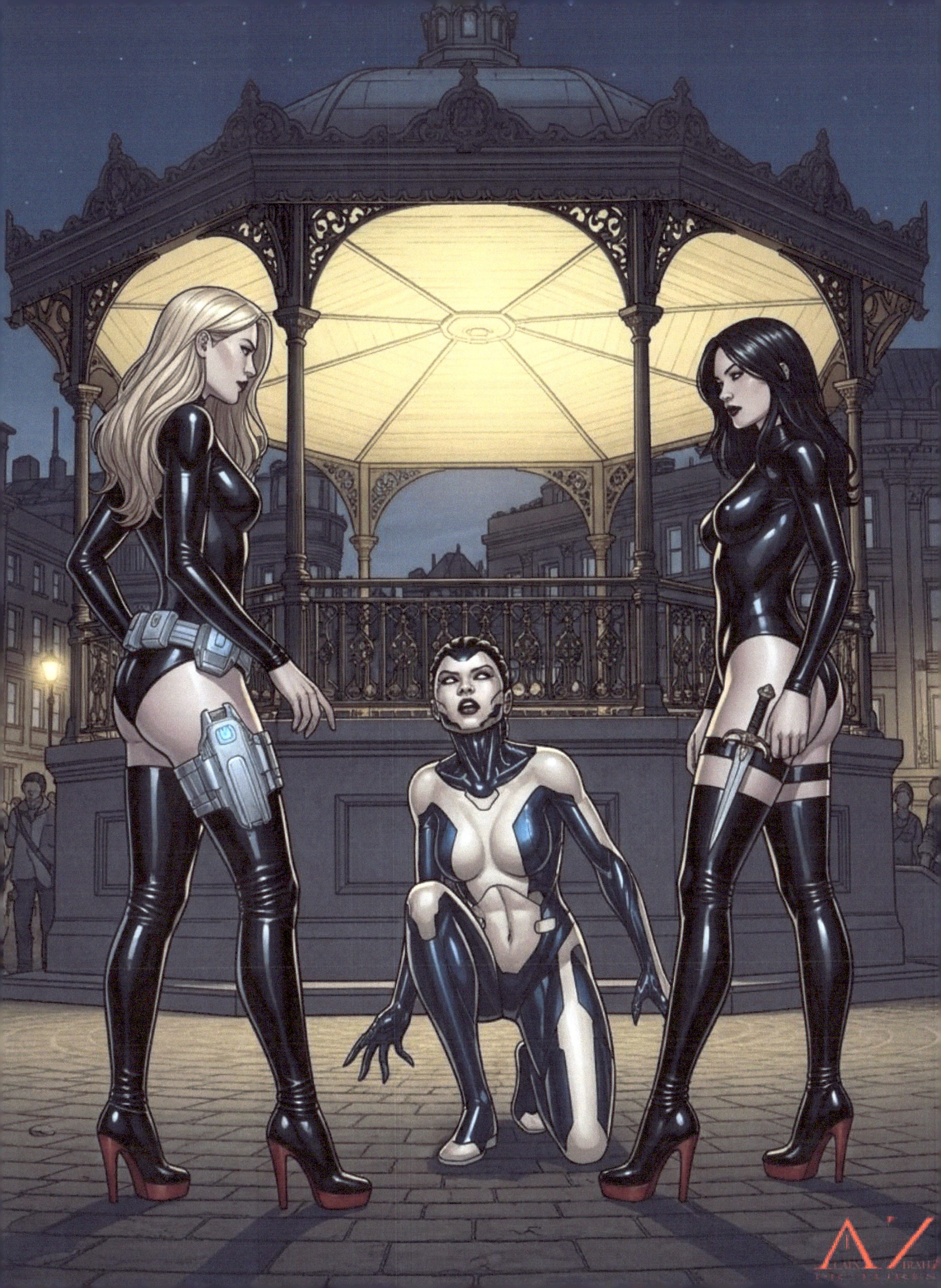

Ladykat thought for a moment, then nodded to Snowkat. Snowkat approached the cybernetic android silently. With astonishing dexterity, she removed a small battery from the creature's back, and it collapsed, deactivated. "We'll have plenty of time to examine it later today."

*

Ladykat réfléchit un instant, puis fit un signe de tête à Snowkat. Celle-ci s'approcha sans un bruit de l'androïde cybernétique. Avec une dextérité étonnante, elle retira une petite batterie dans le dos de la créature qui s'affaissa, désactivée. « Nous aurons tout le temps de l'examiner dans la journée. »

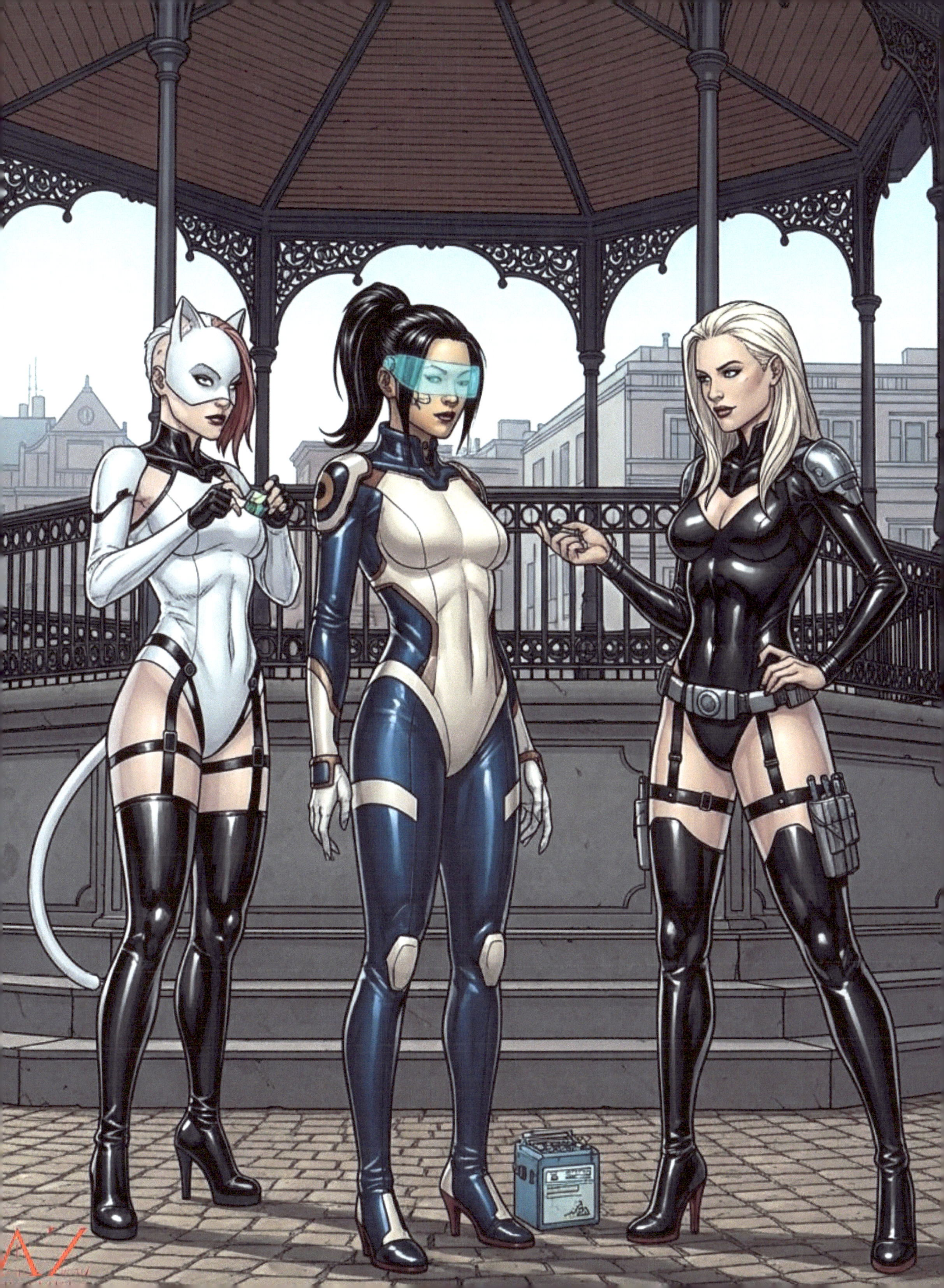

The small white box had sucked Shibu-Aya's energy into a faint halo of light. The Kat Ladies had neutralized their enemy without destroying her. The Marseille nights could continue to shine, protected by its feline guardians.

*

# Kat Ladies : Nuit diabolique

Par Alain Zirah

The night sparkled over the Phocaean city, but the exclusive party on the roof of the "New Barbarella Lounge" was brutally interrupted.

Creatures straight out of the worst nightmares, demons with leather wings and fiery eyes, plunged from the sky.

*

La nuit scintillait sur la cité phocéenne, mais la fête exclusive sur le toit du "New Barbarella Lounge" fut brutalement interrompue.

Des créatures sorties des pires cauchemars, des démons aux ailes de cuir et aux yeux ardents, plongèrent du ciel.

The monstrous creatures spread panic among the guests in evening dress, who had fled like rabbits. They sneered, attracted by luxury, excessive alcohol, and the fear they brought with each of their appearances.

*

Les créatures monstrueuses semaient la panique parmi les invités en tenue de soirée qui avaient détalé comme des lapins.

Ils ricanaient, attirés par le luxe, les alcools excessifs et la peur qu'ils apportaient à chacune de leurs apparitions.

On a nearby rooftop, three feline shadows watched the chaos unfold. "Looks like we have visitors," said Roussykat, a provocative smile playing on his lips. Ladykat, their leader, narrowed her eyes.

"There are many of them, but they are stupid. Attracted by anything that glitters."

"That's normal, they're males," added Roussykat with a snicker.

*

Sur un toit voisin, trois ombres félines observaient le chaos.

"On dirait qu'on a de la visite," lança Roussykat, un sourire provocateur aux lèvres. Ladykat, leur chef, plissa les yeux.

"Ils sont nombreux, mais stupides. Attirés par tout ce qui brille."

"Normal, ce sont des mâles," ajouta en ricanant Roussykat.

“Their weakness is not gold, but desire,” whispered Darkiekat, materializing beside them.

Ladykat nodded, a plan forming in her mind.

“Exactly. We're not going to fight them. We're going to seduce them. Get the big game ready... and the lasso.”

*

“Leur faiblesse n'est pas l'or, mais le désir,” murmura Darkiekat, se matérialisant à leurs côtés.

Ladykat hocha la tête, un plan se formant dans son esprit.

“Exactement. Nous n'allons pas les combattre. Nous allons les séduire. Préparez le grand jeu... et le lasso.”

I HAVE
A PLAN.

Roussykat was the first to take the stage. She jumped onto the roof of the party, ignoring the debris, and began to sway to the rhythm of imaginary music. Her body moved with a wild and sensual grace, instantly capturing the gaze of several demons who stopped their rampage, mesmerized.

*

Roussykat fut la première à entrer en scène. Elle sauta sur le toit de la fête, ignorant les débris, et commença à onduler au rythme d'une musique imaginaire. Son corps se mouvait avec une grâce sauvage et sensuelle, captant instantanément le regard de plusieurs démons qui stoppèrent leur saccage, hypnotisés.

Then it was Darkiekat's turn. She didn't dance, she glided. Swirls of shadow coiled around her, creating suggestive shapes. She moved between the demons, brushing against their wings, her voice a whisper that promised untold pleasures, like the movements of her slender body. They growled, completely under her spell.

*

Puis vint le tour de Darkiekat. Elle ne dansait pas, elle glissait. Des volutes d'ombre s'enroulaient autour d'elle, créant des formes suggestives. Elle se déplaçait entre les démons, frôlant leurs ailes, sa voix un murmure qui promettait des plaisirs indicibles, comme les attitudes de son corps fuselé. Ils grognaient, complètement sous son charme.

Darkiekat swayed between the disillusioned demons. She commanded the shadows, moving her legs with a sensuality that was painful for these half-dead creatures, destabilized by the suggestive shapes. As she threatened to climb onto the counter, the demons let their wings fall like mere rags. Their eyes rolled in their sockets as she trampled on their thoughts.

*

Darkiekat ondulait entre les démons désabusés. Elle maîtrisait les ombres en déplaçant ses jambes avec une sensualité douloureuse pour des créatures à demi- mortes, déstabilisées par les formes suggestives. Tandis qu'elle menaçait de monter sur le comptoir, les démons laissaient choir leurs ailes tels de simples chiffons. Leurs yeux roulaient dans leurs orbites tandis qu'elle piétinait leurs pensées.

Finally, Ladykat appeared, walking across the bar counter as if it were a catwalk. She needed neither wild dancing nor obscure whispers. Her mere presence, imbued with regal authority and sensuality, was enough to captivate all the remaining demons. Their eager eyes were fixed on her, forgetting everything else.

*

Enfin, Ladykat apparut, marchant sur le comptoir du bar comme sur une passerelle. Elle n'avait besoin ni de danse endiablée, ni de murmures obscurs. Sa seule présence, empreinte d'une autorité et d'une sensualité royales, suffit à captiver tous les démons restants. Leurs yeux avides étaient rivés sur elle, oubliant tout le reste.

“Now!” Ladykat shouted.

The spell was broken. While all eyes were on her, Roussykat and Darkiekat had deployed a huge lasso of luminous energy. The demons, emerging from their torpor, realized too late that they were surrounded. At the mercy of these powerful women.

*

“Maintenant !” cria Ladykat.

Le charme était rompu. Pendant que tous les regards étaient tournés vers elle, Roussykat et Darkiekat avaient déployé un immense lasso d'énergie lumineuse. Les démons, sortant de leur torpeur, réalisèrent trop tard qu'ils étaient encerclés. À la merci de ces femmes puissantes.

In a coordinated movement, the Kat Ladies threw the lasso. It tightened in an instant, trapping the entire demonic horde in a net of crackling light. The creatures struggled, screaming in rage, but the magical bond held fast, binding them together.

*

D'un mouvement coordonné, les Kat Ladies lancèrent le lasso. Il se resserra en un instant, emprisonnant toute la horde démoniaque dans un filet de lumière crépitante. Les créatures se débattirent, hurlant de rage, mais le lien magique tenait bon, les enserrant les uns contre les autres.

The more the creatures struggled, the more they found themselves immobilized by the nets of pure energy. They were almost spellbound. All around the shapeless mass, the Kat Ladies, in pairs, kept up the pressure.

"They'll end up loving being tied up by beautiful young women," joked Roussykat.

"Stop it," added Ladykat, "they'll escape and come-back to relive this moment!"

*

Plus les créatures se débattaient, plus elles se retrouvaient réduites à l'immobilisation par les rets d'énergie pure. Ils étaient presque ensorcelés. Tout autour de l'amas informe, les Kat Ladies, par groupes de deux, maintenaient la pression.

"Ils vont finir par adorer se faire attacher par de belles jeunes femmes, plaisanta Roussykat."

"Arrête, ajouta Ladykat, ils vont s'échapper et revenir pour revivre ce moment !"

The fight was over. The three women stood over the pile of writhing, furious demons. Ladykat took a phone out of her belt.

"Hello, police? We have a slightly bulky package for you. Bring the big truck."

*



Le combat était terminé. Les trois femmes se tenaient au-dessus du paquet de démons grouillants et furieux. Ladykat sortit un téléphone de sa ceinture.

"Allô, la police ? On a un colis un peu encombrant pour vous. Amenez le gros porteur."

Shortly after, the deafening sound of blades tore through the night. A white police helicopter positioned itself above the roof. A huge hook descended, latched onto the lasso, and the enormous cluster of demons was lifted into the air. The Kat Ladies watched the diabolical burden fly away, before disappearing themselves into the shadows of the city.

*

Peu après, le bruit assourdissant de pales déchira la nuit. Un hélicoptère blanc de la police se positionna au-dessus du toit. Un énorme crochet descendit, s'arrima au lasso, et l'énorme grappe de démons fut soulevée dans les airs. Les Kat Ladies regardèrent le fardeau diabolique s'éloigner, avant de disparaître à leur tour dans les ombres de la ville.

# Kat Ladies : Nuit de Soufre

Par Alain Zirah

Decadence had a scent of champagne and sin on the roof of the "B52 - Bazaar." Suddenly, the sky tore open. Muscular, grimacing horrors, demons with skin of cooled lava and wings of torn leather, descended upon the party. With a swipe of its claw, one of them pulverized a statue, its fragments scattered among the overturned chairs and table. They reveled in the pure terror of mortals.

*

La décadence avait un parfum de champagne et de péché sur le toit du "B52 - Bazaar". Soudain, le ciel se déchira. Des horreurs musculeuses et grimaçantes, des démons à la peau de lave refroidie et aux ailes de cuir déchiré, s'abattirent sur la fête. D'un revers de griffe, l'un d'eux pulvérisa une statue, ses fragments projetés parmi les chaises et la table renversées. Ils se délectaient de la terreur pure des mortels.

As soon as the frightened crowd disappeared, they began to smash everything they could. They loved the crystal-clear sounds of breaking glass, which gave them a feeling of omnipotence. Their dark bodies glowed with red reflections. They did not scream, they growled, a cacophony of hunger and  contempt.

*

Dès la disparition de la foule apeurée, ils commencèrent à briser tout ce qu'ils pouvaient. Ils adoraient les bruits cristallins du verre brisé qui leur donnaient un sentiment de toute puissance. Leurs corps sombres luisaient de reflets rougeoyants. Ils ne criaient pas, ils grondaient, une cacophonie de faim et de mépris.

Perched on a nearby gargoyle, three guardians of the city enjoyed the spectacle.

"What an introduction," purred Roussykat, her hips already swaying. Ladykat stood motionless, narrowing her eyes. "What vile, evil creatures!" "What are we waiting for? Let's deal with them," added Darkiekat impatiently.

*

Perchées sur une gargouille voisine, trois gardiennes de la cité savouraient le spectacle. "Quelle entrée en matière," ronronna Roussykat, ses hanches ondulant déjà. Ladykat, immobile, plissa les yeux. "Quelles ignobles créatures malfaisantes!"

"Qu'est-ce qu'on attend pour s'occuper d'eux ? ajouta Darkiekat, impatiente. "

“Their minds are slaves to their flesh,” whispered Darkiekat, her voice a shiver in the night as she melted out of the shadows.
“Yes, they will regret ever having been men!”
Ladykat smiled cruelly. “Precisely. Tonight, no fighting. Only a lesson. Let's make them regret having senses.”

*

“Leur esprit est esclave de leur chair,” susurra Darkiekat, sa voix un frisson dans la  nuit alors qu'elle se fondait hors des ombres.
“Oui, ils vont regretter d'avoir été des hommes, autrefois!”
Ladykat esquissa un sourire cruel.
“Précisément. Ce soir, pas de combat. Uniquement une leçon. Faisons-leur regretter  d'avoir des sens.”

At the signal from the beautiful blonde, Roussykat responded with a wink. Instead of throwing herself into a terribly devastating fight, the stage professional began to move her body. She performed one of her most voluptuous dances and watched the bodies of the infernal creatures writhe under their impossible desires.

*

Au signal de la belle blonde, Roussykat répondit par un clin d'œil. Au lieu de se jeter dans un combat terriblement dévastateur, la professionnelle des planches se mit à remuer son corps. Elle effectuait l'une de ses danses les plus voluptueuses et elle regardait les corps des créatures infernales se tordre sous leurs désirs impossibles.

Roussykat was a flash of fire and fur. She landed in the center of the carnage and continued her undulations in a primal, wild dance. Each movement was a promise and a threat, a ballet of taut muscles and provocative curves that brought the demons to a sudden halt. Their growls of rage turned into rumblings of desire.

*

Roussykat fut un éclair de feu et de fourrure. Elle atterrit au centre du carnage et prolongeait ses ondulations en une danse primale, sauvage. Chaque mouvement était une promesse et une menace, un ballet de muscles tendus et de courbes provocantes qui fit s'arrêter net les démons. Leurs grognements de rage se muèrent en grondements de désir.

Darkiekat did not dance. She was a caress of darkness, whispering hot breaths.

"Do you remember how it felt when you were a simple man? An ordinary mortal of flesh and blood…"

She glided between the monsters, her hand brushing a scaly shoulder, sliding over rough lips, provoking murmurs.

*

Darkiekat ne dansait pas. Elle était une caresse de ténèbres.

"Tu te souviens ce que ça te faisait quand tu étais un homme? Un simple mortel de chair et de sang…"

Elle glissait entre les monstres, sa main effleurant une épaule écailleuse, glissait sur des lèvres rocailleuses provoquant des murmures.

Darkiekat's cold, commanding voice seeped directly into their primitive minds, promising them eternities of exquisite torment. The demons trembled before the dominatrix, not out of fear, but out of unholy ecstasy. They were ready to become mere statues, to turn themselves into coat racks in order to obey his wishes.

*

La voix froide et autoritaire de Darkiekat s'insinuait directement dans leurs esprits primitifs, leur promettant des éternités de tourments exquis. Les démons tremblaient face à la dominatrice, non de peur, mais d'une extase impie. Ils étaient prêts à devenir de simples statues, se changer en porte-manteaux pour obéir à ses désirs.

Finally, Ladykat made her entrance. She walked slowly through the debris, her gait an insult to their chaos. She offered nothing, promised nothing. Her mere presence, a mixture of absolute authority and icy sensuality, was enough to bring them to their knees. They all gazed at her, submitting themselves, willing slaves to her perfection.

*

Enfin, Ladykat fit son entrée. Elle marcha lentement à travers les débris, sa démarche  une insulte à leur chaos. Elle n'offrait rien, ne promettait rien. Sa seule présence, mélange d'autorité absolue et de sensualité glaciale, suffit à les mettre à genoux. Tous la contemplaient, se soumettaient, esclaves volontaires de sa perfection.

"Enough playing," hissed Ladykat.

With a snap of her fingers, the illusion shattered. Male aggression took over again. The raw energy of desire that the demons projected onto them was captured, twisted, and transformed into a ball of fire fueled by their life energies. The air crackled with a dark and sulfurous power.

*

"Assez joué," siffla Ladykat.

D'un claquement de doigts, l'illusion se brisa. L'agressivité masculine reprit le dessus. L'énergie brute du désir que les démons projetaient sur elles fut capturée, tordue, transformée en une boule de feu issue de leurs énergies vitales. L'air crépita d'une puissance obscure et sulfureuse.

Darkiekat joined Roussykat in the center of the space. As they danced, energy burst forth from their minds. The ground itself screamed. Chains of basalt and hellfire burst from the concrete, animated by the demons' own lust. They wrapped around their limbs, binding them, burning them. Their prison was born of their own sin, and it held them in perfect captivity.

*

Darkiekat vînt rejoindre Roussykat au centre de l'espace. Tandis qu'elles dansaient, de leur esprit fusait de l'énergie. Le sol lui-même hurla. Des chaînes de basalte et de feu infernal jaillirent du béton, animées par la propre luxure des démons. Elles s'enroulèrent autour de leurs membres, les liant, les brûlant. Leur prison était issue de leur propre péché, et elle les maintenait en parfaite captivité.

Roussykat and Darkiekat, in their sensual dances, watched the bodies of the infernal creatures writhe beneath their chains. No matter how hard the corrupt beings pulled on the chains, the dancers in their trance remained impervious to their sordid desires of lust.

*

Roussykat et Darkiekat, dans leurs danses sensuelles regardaient les corps des créatures infernales se tordre sous leurs chaînes. Les êtres corrompus avaient beau tirer de toutes leurs forces sur les chaînes, les danseuses en transe restaient inaccessibles à leurs désirs sordides de concupiscence.

Unable to struggle, the creatures lay unconscious on the ground. Unable to speak, the demons were spellbound. Finishing electrifying them with electric pulses from the tasers of the energy lassos, Roussykat kept up the pressure. "You see how much they love being tied up by the most beautiful women in Marseille!"

Ladykat added with a laugh, "How many men would be willing to experience such a moment!"

*

Incapables de se débattre, les créatures restaient allongées sur le sol, inconscientes. Privés de parole, les démons étaient ensorcelés. Finissant de les électrifier avec les impulsions électriques des tasers des lassos d'énergie, Roussykat maintenaient la pression. "Tu vois qu'ils adorent se faire attacher par les plus belles femmes de Marseille !" Ladykat ajouta en riant "Combien d'hommes seraient prêts à vivre un tel moment !"

The demons lay in a pathetic, smoking heap. Ladykat activated a discreet communicator for an encrypted call.

"This is Ladykat. The package is ready for extraction. Send in the cleaners. And above all, provide a decontamination shower—the smell is awful."

*

Les démons gisaient en un tas pathétique et fumant. Ladykat activa un communicateur discret pour un appel crypté.

"Ici Ladykat. Le colis est prêt pour l'extraction. Envoyez les nettoyeurs. Et surtout, prévoyez une douche de décontamination, l'odeur est atroce."

No helicopter. Silence fell, then a white, angular ship descended silently from the skies. A sickly purple tractor beam enveloped the swarming mass of demons and began to lift it into its hold. Accomplices, the Kat Ladies silently witnessed the kidnapping. Night fell once again, bringing silence and calm to the city of Marseille.

*

Nul hélicoptère. Un silence tomba, puis un vaisseau blanc et anguleux descendit des cieux sans un bruit. Un rayon tracteur d'un violet maladif enveloppa la masse grouillante de démons et commença à la soulever dans sa soute. Complices, les Kat Ladies assistaient en silence à l'enlèvement. La nuit redevenait silencieuse et calme dans la cité phocéenne.

## BUILDER OF WORLDS

As French Total Artist, Alain Zirah embodies a free and polymorphous vision of creation. Photographer, director, writer, virtual artist, producer: he juggles formats, media and imaginary worlds. Born in Marseille, the oldest city (2,600 years), he has developed a singular vision: one that finds beauty in the margins, in the unexpected. From the Beaux-Arts of Luminy to the Metropolitan in New York, via the palaces of Cannes, he crosses through the ages, always shedding light on the shadows.

-       Creator of the cult books *Blood on Red Carpet, Cannes Backstage, Forbidden to Men. God created Woman alike Herself* and *OFF de Cannes Festival* were both published in the USA.

-        Director of the feature film Forbidden Visions/ Visions Interdites, The Kat Ladies (2009) and hybrid visual series such as Kat Ladies (from 2017).

-        Internationally acclaimed, Awards-winning transmedia artist:
    o   Art Freedom Awards (Paris, 2016)
    o   Who's Who Worldwide Awards (Los Angeles, 2015)
    o   WOW Awards as Best Artist (London, 2020)
    o   Superstar NFT Awards (Dallas, 2023)
    o   WOW Awards for 20th OFF de Cannes anniversary (London, 2025)

Vertigo in Provence Awards (City of Marseilles & Regional Council, 2025)

"We don't create events, we write a legend."

# ALAIN  ZIRAH

Artiste total, Alain Zirah **LE BÂTISSEUR DE MONDES** incarne une vision libre et polymorphe de la création. Photographe, réalisateur, écrivain, peintre hypnotique, producteur : il jongle avec les formats, les supports, les imaginaires. Né à Marseille, il développe un regard singulier : celui qui trouve la beauté dans les marges, dans l'inattendu. Des Beaux-Arts au Metropolitan de New York, en passant par les palaces cannois, il traverse les époques en mettant toujours la lumière sur l'ombre.

- Créateur des ouvrages culte *Dieu a créé la Femme à son Image*, *Interdit aux Hommes*, *Cannes Backstage*. Ses livres *Du sang sur le tapis rouge* ainsi que, *OFF de Cannes Festival* ont été publiés aux USA et sont diffusés dans de nombreux pays.

- Réalisateur des longs métrages The Kat Ladies (2009) *Visions Interdites (2013)* et de séries visuelles hybrides comme *Kat Ladies (à partir de 2017…)*

- Artiste transmédia reconnu, primé internationalement :
    o Prix Art Freedom (Paris, 2016)
    o Who's Who Worldwide Awards (Los Angeles, 2015)
    o WOW Best Artist (London, 2020)
    o Superstar NFT Awards (Dallas, 2023)
    o WOW Awards pour les 20 ans des OFF de Cannes (London, 2025)
  Prix Vertiges en Provence (Ville de Marseille et Conseil Régional Sud, 2025)

*« On ne fait pas des événements, on écrit une légende. »*

Publishing Partner:
Hillshire Media